KB037377

김호삼 시집

9
9
9

김호삼 시집
999

1 쇄 발 행   2024년 08 월 10일

지 은 이   김호삼
펴 낸 이   박숙현
주   간   김종경
편   집   이미상
펴 낸 곳   도서출판 별꽃
출 판 등 록   2022년12월13일 제 562-2022-000130호
주   소   경기도 용인시 처인구 지삼로 590 CMC빌딩 307호
전   화   031-336-8585
팩   스   031-336-3132
E - m a i l   booksry@naver.com

ISBN / 979-11-94112-01-3

· 이 책은 용인특례시, 용인문화재단의 2024년도 문화예술공모지원사업을 지원받아 발간되었습니다.

999

김호삼

별꽃

목차

2부
벽에 걸린 시간

3부
기억의 소환

4부
마음 꽃의 웃음

1부

생각의 반추

이끼꽃

갈잎 지는 계곡마다
들려오는 염불 소리
겨울 채비에 분주한 향수산이
능선을 불러 모으는 소리인가

백련사 오르는 어귀
가부좌 틀고 합장하는 너는
속세의 인연 꿈꾸는 파계승인가

보아주는 이 없어
원망도 품으련만
순종하는 마음 하나로
희망을 간직한 푸른 꿈

강아지풀
애기나리
도깨비바늘
저마다 계절 따라 산길 내려가는데
많은 낱말 가슴에 안은 채

낮은 바위에 앉아
계절 가는 줄도 모르고
말없이 세상 관조하는 이끼

낙엽 지면
너의 푸름도 퇴색되고 말아
세월 지나면
꿈도 묻히고 말아

오랜 시간 바람은
무심히도 너를 비껴가는데
이제 내가 백팔계단 닳고 닳도록
너를 찾으련다

겨울나무

옷깃 여미고 하늘 바라보는 겨울나무 삶을

나는 알지 못한다
추위에 몸 떠는 줄 알지
회오리바람 다독여 잠재우는 줄

나는 알지 못한다
쌓인 삶의 무게 견디지 못하고 제 몸 뚝뚝 부러뜨
리는 줄 알지
풍성했던 여름날의 욕심 비우는 줄

나는 알지 못한다
눈 덮고 겨울잠 자는 줄 알지
하얗게 질린 눈 가슴으로 받아내는 줄

나는 알지 못한다
바람에 방향 없이 흔들리는 줄 알지
뿌리 내려 제자리 지키라는 줄

나는 알지 못한다

엄동 바람에 소리 내어 우는 줄 알지

봄을 노래하는 줄

나무는

3억 7천만년 전 지각변동으로 땅을 밟은 거야
지상에 비는 내려
해저 어디쯤으로 알았던 것이지
한 줄기 바람에 흔들리는 잎
자신의 그림자를 나비고기로 착각했던 거야
어슬어슬 저무는 들녘
주변 둘러봤을 때 아무도 없는 세상
바람에 실려 온 해조류 냄새에
해저를 떠올리고 고향이 그리웠던 거야
그때부터 물구나무 서서
나무는 수맥을 따라 바다로 팔 뻗는 거야
끝내 돌아가지 못한 향수 땅속에 공글려 놓고
밤마다 바람을 빌어 뜬 눈으로 우는 거야
여전히 온기 없는 세상 정붙일 곳 없는 지상에
붉은 울음 꽃피우는 것이지
나무는,

껍데기論

우리는 모두 버려진 껍데기

자꾸만 치받는 속

끝까지 감싸 안는 껍데기

껍데기 없는 속 있을까

조개껍데기 없는 진주 있을까

태양을 출산하는 동녘

세상의 어미는 저처럼 피 흘리고

모든 목숨은

함부로 찢긴 태반에서 잉태되는 것

하늘의 허물은 구름

구름은 비가 되고 눈이 되고

그것 먹고 사는 우리는

꽃이고 나무고

우리는

함부로 버려진 껍데기 자식

가진 것 다 내어주고 텅 빈 저 쭉정이

하루살이

하루를 사는 하루살이

아침부터 생각이 분주하다

짐이었을까 삶마저 서슴없이 벗는다

우리도 저와 같으니 무거운 생각 버리고 날자

하루도 못 사는 하루살이

천 년을 사는 양 온몸에 사리 돋는다

조개

태양이 데워놓은 노을은 어둡게 식었는데
술을 마시면 마음은 데워지는가
허한 발길이 포장마차를 찾는다
술안주로 나온 조개
달궈진 불판에 거품이 가득이다
벌어진 입
적나라하게 쏟아지는 푸른 바다
저 작은 조개가 파도의 방이었구나
바다의 집이었구나
평생 바닥을 청소하고도 잠언처럼 새하얀 혀
한 생애가 환하다

하늘 식당

너무도 한적한 곳에
정이 되겠다고
밥이 되겠다고
위로가 되겠다고
솥을 내걸고
낮에 긁어모은 햇살 불을 지핍니다
밤을 지새운 반달이 아침을 먹고
노숙하는 구름을 데려다 점심을 먹이고
어둠을 밀고 있는 별에게 저녁을 먹입니다

모두가 떠나면 하늘에도 그리움은 있어
이슬비 앉혀놓고 밤을 새웁니다
마음의 공복 채워주려 차린 식당
소문 듣고 달려온 허기진 바람
창문을 두들기며 잠을 깨웁니다

무궁화

변함없이 그 자리

바통을 이어받아 세상을 달립니다

묵은 생각 송두리째 내던지고

한 땀 한 땀 자신을 기워 밤새 새로워지는 꽃

새벽부터 수백의 등 푸른 손짓으로 지상을 깨웁니다

그동안 우리는 칭찬만 자자했습니다

죄다 뽑아 정작 보이지 않는 꽃

용서를 빌듯 오래도록 서 있는데

그 흔한 립스틱도 바르지 않고

화해하듯 환하게 미소 짓는 입술

무명치마 단정한 누나 같아 짠해집니다

물관을 다독여 길어 올린 싱그러운 살빛

서로가 서로에게 응원이 되어주는 꽃

땡볕에 검게 탄 대지의 정수리를 그늘로 감싸주네요

강인하면서도 순둥이 같은 꽃 앞에서

불편했던 모난 마음이 둥글게 풀어집니다

세상에 대한 경계를 버리고

나도 저처럼 화해의 꽃송이 오지게 피워야겠습니다

도
마

대번에 요절내는 도끼같이

품에서 펜을 꺼내 허공을 긋는다

번개를 꺼내 자신의 몸을 내리치는 구름

타살을 밀치고 아싸리 자살을 선택했나

우르릉 쾅쾅 비명이 낭자하다

실밥 뜯긴 몸에서 핏줄 토막 나고

피가 흥건하다

배고픈 바람이 문상을 다녀가고

뼈가 발라진 구름의 살

죽음을 수선하는 매미

상주 눈치 보며 구름을 한 입 베어 문다

장례를 치른 빈손처럼

입안에 씹히는 소리

톡 톡 톡

멍

맨땅에 처박힌다

후진을 모르는 기차

막무가내 달리다 철로를 벗어났다

사고는 신고하지 않을 요량이다

여태껏 끌려온 영혼

궤도를 벗어나 낯선 곳으로의 도피다

만물이 옷소매 걷어붙이는 봄날

들킬까 서둘러 블라인드로 동공을 가린다

모든 것과의 협상이 결렬되고

파업이다

귀를 꺼버리는 무음의 세계로 일상을 유괴한다

생각의 집에서 생각이 가출한 진공상태

일상을 피해 낯선 곳으로 처박히는 시선

비
경 祕境

사고사를 가장한 투신이다
절벽에 몰려간 구름
비에 씻겨 까마득한 벼랑
날카로운 칼날에 눈을 베였다

모든 것은 어둠 깊이 숨어버리고
풍경을 또렷이 간직한 거울이
어둠을 벗어나려 내달리는 발에 깨졌다
풍경을 쓸어 담는 손이 날카로운 유리에 베이고
붉은 피 흥건하다
요리조리 맞춰보지만
자꾸만 미끄러지는 풍경
허우적거리다
새벽 무렵에야 꿈의 손아귀를 벗어나고
생시 어디에도 없다
그러나
분명하게 이승에 있다

부러진 장미

화단 밖으로 고개 내민
세상에 대한 호기심 많은 어린 장미
달려오다가 부러뜨렸다
한 철을 온전히 피기도 전에 꺾여버렸다
물리지 못한 젖이 뚝뚝 떨어진다
쓰린 가지에 귀 기울여보면
폭우에 휩쓸리는 날과 바짝 타들어가는 시간
가녀린 물관에
생명 길어 올리는 모진 산통과
마음 졸이는 날들이 제본되어 있다

나의 부주의를 자책하는데
걱정하지 말라는 듯
바람에 어깨 토닥이는 마디 굵은 손
오히려 나를 위로한다

구들재

오체투지 하는 산이 있다

어김없이 비는 오일장으로 내려
마를 날 없는 굽은 어머니 허리
모두가 떠난 고향
아홉 고개 이고 있는 흰머리

떠난 아이야
실한 손 내밀어 지팡이 되어주지 않으련

바람 이는 꿈길마다
고봉으로 눌러 담은 구절초 향기
천 개의 걸음으로 만 개의 걸음으로
버선발로 달려오는 방천들

맑은 샘 솟는 내 생의 발원지에
어머니 말씀이
다듬이 소리로 들려온다

질경이

사랑이 생겼어요
날마다 불러냅니다 골목길에서

나를 밟으세요
아프게 기억되는 우리의 첫 키스

세련되지 못한 사랑이지만
한번 새긴 마음 꺾이지 않아요

밟히는 자리마다 붕대를 감고
옹골찬 사랑 하나 키워갑니다

톱

자작나무 숲에 에워싸인
낡은 창고에 들어선다
좁은 창틀을 통과하느라 오래된 좀약처럼
열십자로 조각난 햇살

비릿한 살생의 기억을 씻으며
웅크리고 있다
하루에 한 번씩 바람이 물고 온 끼니 받아먹는
그는 한 때 잘나가는 목수의 하수인이었다
누구든 손아귀에 잡히면 예외 없이
날개가 꺾이고 둥지가 무너졌다
사정없이 베어버리는 것을 보고
판단이 분명하다며 추종하는 이도 있다
한 시대가 그의 입맛대로 재단되었다

먼지가 쌓인 창고
제대로 살아보지 못한 어린잎
바람을 몰아 들이닥친다
톱의 고해성사가 잘린다

원성이 그의 목덜미를 움켜쥔다

바닥에 닿았던 면이 붉다

붉은 녹,

오랜 참회가 꽃피운 것인가

2부

벽에 걸린 시간

바코드

그들이 궁금하다
훑어본다
누구는 이마를 내밀고
누구는 속내를 내보인답시고
앙가슴을 내보이기도 하고
등을 내밀어 곧은 척추를 보여주기도 하고
아예 엉덩이를 까 보이기도 한다
소심하거나 과감하거나
거기서 거기다
웃음기 없는 웃음
감정이 없는 감정가
획일적으로 잘라놓은 일차원적인 표정뿐

피로가 쌓인다
꿈이라면 픽션이라도 보여줄 것이다
삐삐
쪽잠도 허락지 않는 스캐너

그들이 나를 스캔한다

잘 읽히지 않는 듯 대놓고 내 몸 여기저기 더듬는다
배는 부르지만 배가 고프다
잎사귀 없는 나무
나 또한 소생하지 않는다
이차원적인 속내를 내보이지 않는다

갈등

갈 데까지 가본 바람이
엄동에 웅크리고 있는 갈대밭에 뛰어드네요
여기저기 고요를 깨우는 불협화음
갈등은, 가까울수록 필연적이지요

사랑하는 사람이여
등을 돌려야 되겠습니까!

어둠 속에 날개 잃은 기러기
품에 안아주는 갈대
수거되지 않은 날개를 찾느라
밤이 깊도록 웅성거리네요

그대 귀에는
을씨년스럽게 들리시나요
마음 귀울여 보세요
옆구리 쿡쿡 찔러 안부를 확인하는
저 부지런한 소리
몸을 부대껴야 나는 소리

자신을 헐어 매끄럽게 길을 내는 사포처럼
등과 등을 밀착해야 나는 따뜻한 마찰음

어둠은 혼자서는 어둠이지요
바람은 혼자서는 바람이지요
자신의 등을 내어줘야 비로소
길은 길이 되지요
그 따뜻함으로
기러기 날아오르네요

내 안에 등대

이실직고하라, 껍질을

컹컹 깨뜨리는 고삐 풀린 짐승

그깟 외로움쯤 쓱쓱 비벼 끄지만

단단하지 못한 잠은 면역을 모른다

생각은 때론 편의점 간편식처럼 가벼워

밤은 깊이를 모르고 번번이 뜬눈이다

혼자 견디는 일은 마음에 섬 하나 키우는 일

부표 던져놓은 어부처럼

저문 내 안에서 나를 찾는 일

내가 하는 말 내가 들어주고

팔을 들어 어깨를 토닥이고

온몸 던져 온전히 자신을 받아내는 메아리같이

어둠을 밝히다 아싸리 그믐으로 소멸하는 것

베란다 행거에 내걸린 러닝셔츠의 외로움과

길 잃고 사방 헤매는 바지의 쓸쓸함과

손수건에 박힌 낯선 바람

화원에 들러 장미 한 다발 내게 안겨야겠다

진정한 시간

무엇을 위하여

막막한 허공에 싹을 틔우는가

봉긋, 시린 날을 밀치고 나오는 몽우리

겨우 사나흘 꽃송이 진다

향기는 기억 속에 묻어두고

그것을 열매라 부르는 농부

태풍에 꺾이는 목숨 어찌하지 못하고

외줄을 붙들고 계절을 건너온다

햇살에 홍조가 인다

달콤하게 세상을 꾀어 질펀하게 놀아볼까

유혹을 뿌리치듯 바람에 고개를 젓는다

오랜 수행 끝

농부의 손에 자신을 내맡긴다

두 쪽으로 쪼개진 사과

두 손 맞대고 기도하는 모습

끝내 농익은 색을 버리고

접시에 담기는 하얀 보시

2
월

발을 헛디뎌 떠내려왔을까
결혼 앞두고
구름이 내민 손을 잡지 못하고 먼 하늘만 바라본다

벗어놓은 날개옷은
계수나무 가지에 있다
별들 끌어다 엮은 하늘 마루 처마 겨드랑이에 있다
외침이 가닿지 않는 하늘 저편
기억의 혈관에 있을 뿐
뒤뚱뒤뚱 되돌아가지 못한다
길을 내지 못한다
혼자는 외로워 둘이다
하늘에 닿으려면 날개가 있어야 한다

두 짝의 떡잎은 입맞춤이다
말에 입 맞추려 귀는 둘이고
혼자서는 입 맞출 수 없어
너에게 가닿아야 한다
간절한 마음은 기어이 움을 틔운다

예복 입는 꿈마다 자라나는 두 짝의 날개

아직 덜 자란 날개로
하늘 내비친 검푸른 바다에 뛰어드는 예비 신랑
들린다
하늘을 깨우는 힘찬 하울링

고향의 봄

매일 보는 고향보다

명절에 한 번 보는 고향이 더욱 애틋하듯

이미 와있는 봄보다

긴가민가 얼비친 봄이 봄이지요

기력이 빠져나간 연어보다

물살의 고삐를 틀어잡는 연어가 연어인 것처럼

활짝 핀 꽃에 내려앉는 봄비보다

씨앗에 내리는 비가 초경 앓는 봄비지요

해마다 오는 특별한 것 없는 봄이지만

첫차에 몸을 실은 설렘이 칠보의 봄이지요

햇살에 취해 길가에 주저앉은 헤벌어진 목련보다

제 몸 가누지 못하고 바람의 바지춤 붙들고 비틀거
리는 개나리보다

성황산 모퉁이 진달래

숨죽이는 그 수줍음이 봄꽃 아니겠어요

고샅에 함부로 드러눕는 볼썽사나운 햇살은

볼 장 다 본 봄

아직은 얼음이 살아있어 움츠린 마음에 난로를 두
지만

잊지 않으려 마음에 간직하는 봄
기다리고 기다리다 마중 나가는
바로 지금이 고향의 봄이지요
고대하던 비가 오네요
우산도 받지 않은 지상
폐부를 열고 묵은 얼룩을 일제히 씻어냅니다
메마른 내 웃음도 연둣빛 속살을 발랄하게 드러냅
니다

고양이

가난을 발톱에 달고 굶주림을 섬기는 고양이
어둠은 고양이에게 자릿세를 요구한다
고픈 배는 등 뒤에 숨고
찬밥 더운밥을 가리지 않는다
지상의 밥알 한 톨도 푸른 싹을 틔우지 않고
한눈파는 비둘기 군침 돌지만
구역을 침범한 녀석과 밤새 맞짱 뜨느라
노곤한 몸으론 어림없는 일
좌절이 발톱을 세운다
쓰레기통을 뒤져봐도 매번 허탕
꿈속에서나 기대는 탕을 끓인다
세상에는 누명이 난무하다
어차피 억울하게 도둑 누명 쓴 처지
빈집털이라도 감행하겠다는
행동이 앞선다

문턱에 발을 놓는 순간 덫처럼 미닫이문이 닫힌다
세상에 만만한 상대 있는가
만만한 생쥐 한 마리

깜짝 보다 빠르게 차도로 뛰어든다
삶은 늘 곁에 죽음의 마대가 있다
포만을 쫓는 순간 비명이 담긴다
경적이 서둘러 죽음을 발인하고
놀란 자작나무 물고 있던 잎을 놓친다
채찍질만 일삼던 하늘
때 늦게 함박눈을 팝콘처럼 쏟는다

장마

산 161번지 마음 언저리
야윈 기둥 지탱하는 가난 위에
비가 내린다
덧난 상처가 무참히 뚫려버린 가슴 위에
껌뻑껌뻑 겁 많은 형광등 위에
생쥐처럼 천정을 기어가는 잘려나간 전선 위에
체납된 벽에 걸린 결혼사진 위에
버벅거리며 바가지 긁어대는 라디오 위에
가난을 못 견디고 나가버린 변명 위에
황망히 허공 바라보는 바지랑대 위에
빨랫줄에 앉아 날개를 쉬고 있는 참새 머리 위에
젖은 날개 내건 빨래 위에
주체 못 하고 흘러넘치는 맨홀 뚜껑 위에
하늘에 위태롭게 걸려있는 희망 위에

종일 내리는 비에 홍수 지는 마음 밭
폭우를 동반한 태풍이 오늘 밤도 이어질 거라고
천둥이 엄포를 놓는다

구조 요청에 손 놓아버린 전신주 대신
물의 등뼈를 딛고 올라서는 내 안의 촉수
살아 견뎌야 한다고 붉게 꽃을 맺는 나팔꽃
확성기 움켜쥐고 대피 방송하는 나의 말이
감전된다

등

손 타지 않는
처녀림

닿을 듯 말 듯
속 시원하게 가닿지 못하고 표정으로만 긁는다

떠나간 지 오래다 그때만 다정한 인연
외롭다 혼자서는
스스로 짝을 만들어 등짝이 되어도
도리가 없다
궁여지책으로 데려온 효자손은
애먼 곳만 긁는다

자동차를 보아도
괄괄한 경적과 환한 나이트에
모두가 앞만 편애한다
앞길을 밝히는 것은
나대지 않고 뒤로 빠져있는 배터리인 것을
기름칠도 없이

어둠을 미는 것은 분명 후륜구동이다

봄을 한 짐 지고 언덕을 오른다
호흡이 가쁘다
언덕에 몸을 누인다
누워서도 하늘을 보지 못하고
앞만 떠받드는 등짝
안녕하신가!
너로 인해 하늘이 푸르다

애석하게도 처녀림으로 살다가
잠이 깊어 이승을 떠나면
육탈할 때까지 육신을 받치고 있을 등판

날개뼈 두고도 날지 않고 뒤를 봐주는
그러나 한없이 쓸쓸한 등
한 번이라도
손잡아 준 적 있는가
눈길 한 번 준 적 있는가

용두암

어디서 오는가

누구나 품을 수 없는 깊은 다짐

깨어진 유성 조각이 어둠의 시간을 무진장 달려와

죽음보다 지독한 영혼을 새긴다

가고 싶은 다리

애타게 부르는 손짓

타오르는 가슴마저

이빨 질기게 세운 파도가 떼어가도

파도만 데려오는 하얀 바람도

어찌하지 못하는 간절한 맹세

기다림이 오래 묵으면 한 몸이 되는가

하얀 포말에 허물을 벗는

문신으로 새겨진 다짐

누구를 기다리는 망부석이냐

검은 피가 도는 맹세

어느 이별의 애끓는 순애보인가

잠들지 못하는 포효가 어둠을 깨운다

내게도 저와 같이 그리운 이 있다

갈매기 날개 접고 내일을 꿈꾸는 밤

달려와 잠의 꿈에서 나가주지 않는 너

지우고 지워도 지워지지 않는 사람

바람의 등을 타고 달려와

파도에 일렁이는 얼굴

의자

보았는가

생의 길목에 버려진 낡은 의자

회전의자 흔들의자 번듯한 수식어 다 떼어내고

모든 걸 털어버린 텅 빈 의자

불구의 몸으로 가쁜 숨 몰아쉬며

태양을 먹어 치운 구름을

달을 먹어 치운 어둠을

깔아뭉갤 줄만 아는 하늘을

삐거덕, 부실한 관절로 떠받드는

수도자

시간의 무게에 다리 떨어져 나간 자리

악몽처럼 나이테에 번지는 환지통

하루를 먹어치운 저녁이 엉덩이 내밀면

구린내 말없이 받아내는 의자

웃음이 끼니인 애인의 표정도,

그렇다고

거울에 비친 우울한 내 표정도 아닌

무표정한 표정

바람을 어깨에 짊어지고

버거워하는 버드나무 나 몰라라 하지 않고

무게가 무게가 아닌 것처럼

머리에 이는 게 아니라고

가슴에 안는 거라고

달빛에 축 늘어진 버드나무 그림자

덤으로 어린 별 몇 데려다

무릎에 앉히는 의자

김, 낙타의 눈물

대로변 좌판

졸고 있는 노점상

여자가 펼쳐놓은 바다를 바람이 넘기고

먹물로 휘갈긴 문장을 태양이 읽는다

낙타는 다나킬 소금사막 사해死海에서 죽고

유서는 모래에 실려 바람에 날린다

십 리 밖 물을 맡는 후각에도 찾지 못한 바다

용도 폐기된 낙타의 물혹

구청 앞에서 원 없이 물줄기 뿜는다

죽어서도 사막을 떠나지 못하고

지층으로 쌓인 검게 탄 낙타의 걸음 출렁인다

저무는 것도 모르고 검은 눈물이 바람에 들썩인다

꾸벅꾸벅 졸며 흩어지는 낙타의 유언을 쓸어 담는
여인

낙타의 조각 난 붉은 눈빛이 서산에 걸린다

바다가 보낸 부고장 같은 김이

바통 이어받은 달빛에 빛난다

3부

기억의 소환

9
9
9

울음이 시작되던 해 1999
앞에서 끌던 1
네가 떠나버린 자리 방랑이 둥지를 틀었다

구구구
어둠이 무성한 내 안의 숲
비둘기처럼 운다
잃어버린 너를 찾아 떠난다

666
지쳐 쓰러진 육신 일으켜 세운다
한결 가벼워진 999 기지개 켠다
구구궁 구구궁
발동 걸린 날개에 에코가 걸린다

가도 가도 멀기만 하고
너에게 가는 길은 떨어지지 않는 소수점

네게 당도하지 못한 신호

구구구 구구구
둥근 눈물이 우주를 굴린다

1을 잃어버리고
앞으로 나가지 못하는
999
언제나 연착이다
우주 미아가 되어 너를 찾는 나

독새기

독한 것이라며 한사코 뽑아 버려도
한사코 논으로 스미는 것은
아직도 이 땅의 사람들은 가난하고 가난하여
마음 곯는 이에게
죽이라도 쑤어 먹여야 한다고
억떼기라도 써보고 싶은 것이다
자운영 자꾸만 독새기 흘겨보지만
꽃은 아니어도 한 끼를 품은
끼니라고 항변하고 싶은 것이다
논두렁에 가득한 독새기
기껏 한두 해 살다가는 피차 같은 처지
괄시 말라 목에 핏대 세운다
넓은 땅 내어주고 논두렁에 나앉은
속마저 내어준 빈 껍질
바람이 달려와 풀피리 분다
속을 비워낸 것들은 눈물 나게 청아하다
건들바람에 중모리 중중모리 장단으로 흔들리는
저 개풋함이여

양파껍질을 벗기며

둥근 저 안에 네가 있다

너와 내가 한 몸이던

날개 없이도 유영하는 자유로운 한때

양파껍질을 벗긴다

야무지게 둘레 친 푸른 혈관 선명하다

코와 눈 아리다 흐르는 눈물

네가 아니고 내가 아닌 한 덩어리였던

그때를 기억한다

우리에게 이토록 많은 막이 생겼구나

하얀 커튼 가려진 방

어디에도 너는 없고 그 방이 그 방이다

너를 찾는 동안 맵기로 한다

그때까지만 울기로 한다

도마 위 양파 깨금발 딛고

환하게 불 밝히는 푸른 촛불

밤새 술래가 되어 너를 찾는다

통증

아픔이 묵으면 통증이 된다

통증은 기승전결을 갖춘 시나리오

그러나

통증은 과거에 뿌리를 두고 있어

작자 미상의 아픔이 대부분이다

바람처럼 잡히지 않고 볼 수 없지만

내 안에 주소를 두고 있는 게 분명하다

너를 안았던 손발이 들쑤시거나

가슴이 아리거나

너로 하여 머리가 지끈거리거나

배가 뒤틀리거나

확실한 건

생각의 관절을 꺾는 아픔이 구체적이라는 것

너를 보았던 눈의 초점 마디마디 시리다

아픔이 잠시 싱싱하다면

통증은 현재 진행형의 대서사시

미처 도망가지 못하고 남겨져

밤마다 민가에 내려오는 패잔병같이

아픔은 밤이면 통증이 심해지는 것이다

내 생각에 촘촘히 울타리치고

아픔을 풀어먹이는 목동

나의 밤은 상비약 없이 비명이 빼곡하다

근조화

아직 이른 나이
오열하는 유족
내 마지막 인사도 별수 없다

죽음 앞에선
삶이 더욱 간절해
곡비, 저 국화
마른 물관에 자신의 눈물 뿌린다
남편
아들
영숙
금순
명선
혜자
놓을 수 없는 인연의 끈
밤새워 이름 부르다 하얗게 목젖이 부었다

아직 시들지 않고 버티는 것은
천간지지 육십갑자

다시 돌아올
천상에 계단을 놓기 위한 것
꽃잎 흩어지면
하늘 동네 마실 갔다가 다시 돌아올 수 없으니
꿈에서도 불지 마라, 바람아
다시 돌아오면 그때 한꺼번에 지리라

어둠을 붙들고
죽어서 받는 꽃이 있다
죽어서 피는 꽃이 있다

그리움의 크기

너와 헤어진 뒤로
마음밭에 그리움을 재배해 왔다
내게서 완벽한 도형으로 영역을 넓혀온 너
술잔마다 목에 걸린다

둥근 술잔에 담겨
빅뱅 이론처럼 팽창하여 멀어지는
그리하여 술에 술 탄 듯 물에 물 탄 듯
희석되어 서서히 잊히겠지만
그럴수록 가슴은 운다

네 국경은 어디까진가
하루치 그리움에 삼백예순 날 곱하기
헤어진 해 곱하면 알 수 있을까

증명해야 그리움은 그리움인가
그리움의 둘레 나누기 세월의 길이
끝도 없는 무한소수
볼을 타고 눈물이 바닥에 떨어진다

바닥의 길이 곱하기 무한소수

아픔의 총 길이

삼점일사에 이상적 그리움 반 곱하기

현실적 그리움 반 곱하면

그리움의 넓이

저 제곱수

너의 영역이다

장마철 빗방울 껴안고 있는

새롭게 돋아나는 저 풀잎은

또 어떡하고

내비게이션

어둠을 밀며 달려간다

작은 틈도 주지 않는다

사사건건 간섭하는 잔소리

벗어나려 해도

데이터가 쌓여

내 판단쯤 무시된다

알고리즘으로 주행한다

한눈이라도 팔라치면 핸들을 가로채는

완벽한 가스라이팅

벗어나지 못한다

천관녀 집에 데려간 말을 베 버린 김유신처럼

전원을 꺼버린다

방향을 잡을 수 없다

자꾸만 샛길로 가는 것이 삼천포로 빠진다

잠시라도 벗어날 수 있으니 차라리 잘된 일

다시 전원을 켠다

당도했지만

어쩌자고 너는 없다

잃어버린 우산

책장을 접으려다 하루를 펼친다
생각의 갈피 어디에도 집히지 않는다
한 장 한 장 시간을 만져봐도 짚이지 않는 행적
힘주어 밑줄 그어봐도 촘촘히 족적을 지우는
살 하나 부러진 우산
비에 젖은 하루만 웅덩이진다
이별 대목에서 우울을 비우려 화장실에 갔다
눈물의 과습만 비우고 홀가분하게 나왔다
떠난 자리 손에 들고 식당에 갔다
텅 빈 속만 채우고
비에 젖은 가슴 데리고 약국에 갔다
쓰린 마음 약만 바르고 나왔는데

내 몸의 통증을 대신하던 우산
어디로 갔을까
밤은 뿌리를 내려 더욱 견고해지고
낮에 내린 빗방울만큼이나 수많은 별
저 절절한 진술

진통제 한 알에 씻은 듯 갠 하늘만 펼쳐놓고

어디로 갔을까 우산은

깨어진 항아리

1

온데간데없이 사라진 마을
숨이 막 빠져나간 항문처럼
괄약근이 열린 항아리 하나
유통기한 넘긴 먼지만 고여 있다

말의 돌팔매쯤으로 여겼을 것이다
그러나 그것은 적의에 찬 무지막지한 돌이었으므로
순식간에 깨어진 무력감에 몸을 떨었을 것이다

기다림은 몸을 부수는 망치인가
손짓 발짓 다 떨어져 나가고 남은 귀마저 난청이
지만
알을 품는 닭의 눈처럼 구멍은 세상을 응시한다

용서가 없다면 앙금의 시간을 견디지 못할 것이다

2

조릿대마다 이슬 맺힌 새벽

세상 소식 안고 달려온 바람
목이 마려운지 이슬을 핥는다
한 모금 생수라도 담으려는지
꼼꼼히 구멍에 이끼를 두르는 항아리

돌담길 밟고 떠난 주민들
돌담길 밟고 돌아오라고 청사초롱 불 밝히는가
상상임신처럼 부풀어 오른 배가 달빛에 환하다

보라 장미

보라, 여인을 삼키고 출구를 닫아버린 하늘
질긴 시간의 뿌리가 보라
보라, 차가운 바람에 숨죽였던 계절
다시 구도 잡기까지 가는 붓 잡는 야윈 손이 보라
보라, 가늘게 떨며 스케치하는 어깨
흐느껴 젖어 드는 저 토시가 보라
보라, 얼룩진 팔레트 위에
잘 개어놓은 피아노 선율이 보라
보라, 상처를 감추는 페인팅 나이프
평면 위에 한사코 자신을 까발리는 여인이 보라
보라, 유채화 되기까지
붙였다 떼고 붙였다 떼어낸 알몸의 딱지가 보라
보라, 가시를 세워 스스로 피 흘리는
그리하여 배경은 깊어져 세상은 모조리 보라
보라, 어둠 속 잠의 목을 흔들어 깨우는 새벽
물관 덧내어 싱싱하게 살아나는 여인
보라, 먼 길 달려오는 먼동의 소리
하늘을 캔버스 삼아 구름 위에 우뚝 선 장미

수어

전철 안에 나란히 앉은 두 여인
그들의 손끝에서 따뜻한 입김이 피어오른다
공기를 아프게 때려 내는 게 구화口話라면
수화는 허공을 쓰다듬어 빚어낸 청자 같은 것
쥐었다 풀어주고 놓았다가 되감는 수어手語
저들은 말을 쥐락펴락하는 언어의 연금술사
구화가 내던지는 거라면
수화는 포근하게 받아내는 말이다
열 개의 가지에 돋아난 푸른 잎들
저들의 손은 살찐 말들이 뛰노는 푸른 들녘
청진기 들이대면 내 청각에 달려오는 봄
얼음 속에 따뜻하게 흐르는 개울의 수어水語
힐끔힐끔 훔쳐보는 옆 사람에게 스민다
소란 없이 시끌벅적한 춤사위
저것은 능소화의 말이다, 담쟁이 말이다

한 칸 한 칸 전철 안에 번져가는
싱싱한 꽃들의 말

유월

보고 맡으면 되는 계절
아카시아꽃 초롱초롱 세상을 흔들어 깨웁니다
갈피마다 그대 생각 빼곡한 내 서재의 창문을 열어요
향기 가득한 아침입니다
달력은 매일 아뜩하게 푸른 일기를 쓰지요
구름이 드레스가 되는 유월
화동이 덩굴장미를 지상에 흩뿌립니다
나비에게 말없이 자신을 보여주는
참으로 입이 벌어지는 계절입니다
향기 아래 졸고 있는 바람에
슬그머니 다가가
다정한 사람의 안부를 물어보려다
잠시 내려놓기로 합니다

말이 필요 없는 계절
불치병처럼
감탄사만 해야겠어요

나무의 봄앓이

개나리, 목련, 철쭉

가지마다 낡은 집터 고치는 손길 분주하다

겨우내 묻어둔 목숨 키우려

양지바른 자리에 붉은 나이테 풀어헤치는 나무

햇볕의 머리채 잡고 산파 노릇 해달란다

바람도 가지 붙잡고 힘을 주고

가지마다 뻗쳐오른 붉은 울음

민들레, 냉이, 진달래, 들린다 산고産苦 겪는 소리

꽃샘추위 입을 막아도 터져 나오는 싹

봄날이 아름다운 건

세상을 밀고 있는 저 비명 때문

하얀 목련 백지 위에 비명碑銘 새긴다

앓는 것은 아름다운 거라고

4부

마음 꽃의 웃음

비암 스타일

절대고독의 시간이
으스러뜨린 모래 위
믿을 건 나
길이 되어 지나간다
갈지자로 갈비를 엎드린
끝나지 않는 천형이다

최소한의 요체만 남겼다
살기 위해 요약된 몸짓
사방이 부비트랩이다
길은 예측 가능한 최단 거리여야 한다
미로에 똬리 틀 때만이
푸른 숲이 주어진다

발각되지 마라
징그럽다는 폭력, 세상을 지배하는 언어 앞에
나오지 마라
이름을 벗고 꽃을 입어도
꽃뱀이 되고 마는 억측

허물을 벗고 맨살을 내보여도
눈에 띄는 순간 존재는 왜곡된다

퓨즈가 나간 굴에서 천년 묵어
오일장 비라도 꺽꺽 내릴 때
구름을 타고 하늘을 나는 꿈을 꾸어볼 일이다
울음이 공명共鳴 하는 비암아

홍어

1

선착장 같은 냄새에 이끌려

홍어찜을 시켜 먹는데요

혀가 얼얼하여 내밀어보니

이를 어찌합니까

껍질이 홀라당 벗겨졌어요

맛이란 맛은 모두 하얘져

익숙했던 세상을 느낄 수 없어요

그동안 함부로 재단해 온 죄가 커

비명도 못 지릅니다

주인에게 내보이는 어눌한 혀의 수화

자꾸만 뒤가 켕기네요

그동안 입에 담았던 말들

구린내가 눌어붙은 혓바닥

괜찮아질 거라는 주인 말처럼

내일이면 또다시 험한 말 내뱉겠지요

훈계처럼 지독한 냄새가 콧잔등을 후려치겠지요

삼 년은 삭혀야 제대로 된 개미가 나는 것처럼

말 또한 생각하고 생각해야

질긴 힘줄을 버리고 쫀득하게 씹히겠지요

봄비에 필터를 갈아 끼우는 하늘처럼

걸음마를 배우는 어린 말이

백태를 벗은 혀에서 이제 막 걸음마를 배웁니다

홍어
2

또다시 홍어집 간판을 그냥 지나치지 못한다
주인을 부르고 흥정하듯 주문을 한다
코끝이 찡하고 헛기침 유발하는
홍어란 이런 맛이지

다짜고짜 혀를 혼쭐내던 그때 홍어와는 달리
해저에서 건져 올린 따뜻한 고향의 맛

혀가 점점 달아오른다
먹을수록 속이 아리다
증상이 불안하다

주인 말인즉
진짜 아닌 약품 처리한 홍어가 혀를 벗긴다 했는데
여전히 내 속은 구리단 말인가
하얗게 벗겨진 혀
우화를 막 시작한 한 마리 매미처럼
살아남기 위해 끼니 앞에서 있는 말 없는 말
혀를 놀렸을 뿐인데

이 또한 죄라면 죄겠지
욕심껏 씹다가 혀 깨무는 자기형벌의 고통보다야
손도 안 대고 껍질을 벗겼으니
반성 없이도 죄를 탕감 받았다

약을 약으로 인식하지 못하고 잔뜩 약이 올랐지만
실상, 맑게 핏기 서린 혀
연둣빛 말이 돋아난다

가끔 홍어집에 들러 혀를 담보로
말을 세척해야겠다

8월

시작도 끝도 없는
위도 아래도 없는 둥근 문장을
두 개의 원이 있는 안경 너머에
더운 여름을 겨울로 보는 눈이 있다
딱딱한 콘크리트 세상을
트램펄린 세상으로 보는 안경 너머에 눈이 있다
모든 모서리를 구부리는 트램펄린 위에
통통 튀는 스카이팡팡을 타고 놀다 보면
어느새 무거운 중력은 사라지고
하늘 위로 튀어 오르는 가벼운 눈덩이
아이들과 공을 주고받는 구름
뼁뼁 내지를 때마다
태양은 더욱더 빛난다

지칠 줄 모르는 아이들 놀이에
비 오듯 땀을 쏟는 구름
메말랐던 잎맥을 적신다
감격의 눈물이 고이는
두 개의 원이 있는 안경 너머의 세상

트램펄린의 어떤 힘이 지상을 웃게 하는지
팔월의 어떤 힘이 생명을 키워내는지
한 줄기 바람이 필사한다

말 없는 말

흔한 빗소리가
비의 결박에 식당을 벗어나지 못했습니다
금방 그칠 줄 알았는데
순식간에 길은 길을 놓치고 말았습니다

비는 촘촘한 그물코에 나를 한참 동안 가두고
자신의 말 들으랍니다
귀 기울여봅니다

젊은 비에 우산 찢기는 소리
맨몸으로 매 맞는 땅의 비명
들으라는 비의 말은 정작 들리지 않고
다른 소리만 가득합니다
어느덧 완고한 비의 결박이 풀리고
답답한 마음 안고 나오는데

느티나무 한 줄기 바람에 깃을 텁니다
푸른 잎의 박수를 받으며
내 정수리를 후려치는 빗방울

순간,
비의 잠언이 선명하게 읽힙니다
탁한 웅덩이를 조용히 깨우는 파문
묵언 수행으로 둥글게 마음 닦으라는
스스로 소리 내지 않는
비의 말 없는 말

그동안 나만 요란했습니다
내 안만 요란했습니다

드러머

벌판에 악기를 세팅한다

음은 과거의 소리다 타악기는 막혔던 내 안의 소리다

하얗게 쌓인 먼지를 툭툭 털어내고 뚜껑을 딴다

묵은 우울을 한입 베어 문다

폭설의 사슬을 풀고 입안에 퍼지는 맛

스틱 쥔 양손에 형상 없는 노래가 조각된다

내리꽂다 날아오르는 날숨

오선지 위에 음계가 허공을 오르내린다

삶이란 벼랑 위에 쳐놓은 외줄 같은 것

가슴 속 답답한 몸짓이 세상을 들었다 놓았다 애드

리브 친다

가슴 캉캉 가슴 쾅 가슴 캉캉 가슴 쾅

폭설에 푹푹 빠지는 우울을 훈계하듯

푸른 소리 한 덩어리 베이스 페달을 밟는다

허공에 매달렸던 별이 비바체로 쏟아진다

한 옥타브씩 솟구치는 걸음, 걸음아

허기가 달을 베어 무는 기나긴 밤

손 뻗어 함박눈 받아내는 신명 가득한 가지야

그러나 아직은 안쓰러운 계절

심장은 숨 가쁘게 도돌이표를 엇박자로 건너가고
어둠이 눈을 뜬다
내 안의 잎사귀 눈을 뜬다
매달아두었던 먼동이 손뼉 치며 관객으로 달려온다
끝나지 않는 내 연주는
시간의 소리에 귀 기울이는 그리운 사분의 사박자

트래킹

여행을 떠났다지

그래 잘 다녀오게나

걸음은 낙관처럼 길에 명중될 것이네

발의 디딤은 상처 난 마음 치료하는 주사기일 수도
있고

기면증 앓는 자신을 깨우는 자명종일 수도

자연이 품고 있는 고요를 함부로 휘젓는 화살일 수
도 있다네

어쨌든

명중 당한 땅은 여전히 이렇게 건재하지

문제는

소낙비에 젖은 배낭의 무게가 아니라

땅을 짓누르는 마음의 무게라네

여전히 걸음이 무거운가

뒤따르며 치부장 펴들고 낱낱이 무게를 기록하는
그림자

산이 높고 계곡이 깊을수록 빨리 흐르는 물처럼

목적지를 실토하던 태양을 순식간에 피로가

두껍게 덧칠하는 어둠

구름을 끌어다 덮는 길 앞에선

꼬리를 밟는 달빛도 도리가 없다네

살찐 아카시아 향 하나 꺾어 들면

밤사이 당도할 수도 있겠지만

서두르지 말게나

숲은 질 좋은 어둠을 수만 평 재배한다네

가시를 풀어먹이는 어둠은 발의 비명을 즐긴다지

모퉁이에 통증을 받쳐놓고

지그시 눈을 감아 어둠과 입 맞춰보게나

은하수에 몸 씻은 별빛에

자네 안에 있는 말들의 호흡이 청명하게 들릴 것이네

꿈을 개고 눈을 떠보게나

시녀처럼 바람이 길의 행방을 대령했을 것이네

당도하기 전까지 목적지는 어디까지나 목적지

마음의 무게를 솔바람에 맡기고 걸음의 끼니인 길
의 시위를 팽팽하게 당겨보게나

가벼워진 만큼

길보다 한발 앞서 목적지에 당도할 것이네

오늘의 반찬

나뭇가지에 어둠이 펄럭이고

끼니가 되지 못하는 공복이 몰려옵니다

시간은 상속받은 허기에 대한 상속세를 내라 독촉
하고

발목에 땅거미 뿌리치고 반찬가게로 갑니다

드러누운 기력을 소생시키는 발랄 상큼한 판매원

싱거운 저녁에 간을 맞출 반찬을 펼칩니다

팔딱거리는 판매원의 몇 카트 미소가 번지네요

비바람이 어둠을 씻어낸 겉절이

햇살 가루가 버무려진 식감

애인과 보낸 시간이 아쉽듯

모든 감탄사는 유통기한이 짧지요

허기는 꿈속에서도 싱싱하게 되살아나고

밑반찬은 배경이 착한 초록입니다

포만은 공복의 뚜렷한 과녁이지요

지상의 황무지에

푸른 초록 한 마리 키워야겠어요

똥에도 여러 가지 색깔이 있다면

재개발지역 산동네에 똥이 흘러내린다

장맛비에 검은 똥 흘러내린다

철거민들 먼지 먹고 싼 똥

흘러내린다

똥에도 여러 가지 색깔이 있다면

구멍 난 바지가 유행하고

똥 색깔마다 신분이 매겨지는 세상

검은 똥 누는 사람들

궁둥이마다 빨주노초파남보 보디페인팅이 유행하고

출세했다 거들먹거리는 사람

보란 듯이 흰 똥 누겠지

그러면

똥은 들불처럼 번져

온통 냄새 나는 세상

비가 그치면 나는

흘러내리는 저 검은 똥에 물감 풀어

빨주노초파남보 무지개를 그려야겠다

거시기

오래된 사전 속에 그가 살고 있다

두께만큼 무거운 말들 잠들어 있다
행간의 골을 따라 길을 안내하는
말과 나를 맺어주는 금강역사金剛力士다
부드러운 손짓으로
잠든 말 흔들어 깨운다
날카로운 말, 슬픈 말, 무서운 말, 절망적인 말,
날뛰는 말의 갈기를 틀어잡는다
대열을 맞추고 내게 인사하는 예의
언어의 사열을 받는다

한 시대를 이심전심으로 아우르는 선군
세상 무엇하나 거시기 아닌 거시기는 없다
군말이다, 아니다 군말이다 구수하게 구운 말이다
말 많은 말 보느라 노곤한 귀와 눈을 잠시 덮는다

책장을 빠져나와
잠든 내 거시기를 싱싱하게 흔들어 깨우는

열대야

가진 거라곤 뜨거운 가슴뿐
흔한 기교도 없이
그가 덮쳐 왔다네

침실은 허락도 없이 젖어버렸고
도무지 정신을 차릴 수 없었어

그토록 뜨겁게 안아주는 이
나에게 있었던가

꾸벅꾸벅 졸던 그가
한낮을 서산에 버리고
또다시 내게 달려오면

그러면 나는
닫힌 문 활짝 열고
속옷 차림으로 반겨야겠네

지
둘
러

지
둘
러

밤안개에 씻긴 강물같이
언덕에 서서 이슬에 헹군 설렘을 새긴다

변변치 못한 나를 들켜 온전히 내어주고 싶다
한 생을 털린다 한들 행여,
시간을 통째로 나를 거덜 낸다 한들

만 개의 바람이 지나가고
만 개의 계절이 지나가고
그리움 위에 파란만장이 곱절로 쌓이고
곰삭은 세월이 또다시 덮인다 해도
기다림은 기다림으로 희망이다

너는 밤마다 막차를 놓쳐 오지 못한다
밤마다 헤진 길 꿰매어 새로 내는 건
정처 없는 강물도 종래는 바다에 안기기 때문이다

기다림은 기다림으로 행복한 천형이다
궂은 날도 구덩이에 빠져 허우적대는 날도

폭우에 쓸려 지체하는 날도 있다

기다림은 기다림으로 둘이다
오늘도 나는 하얗게 씻긴 언덕에
멍든 가슴 걸어둔다
간절함으로 오는 너는 스쳐 가지 말고
지둘러 지둘러

눈의 문장

눈물을 들고 온 여자

단번에 알아볼 뚜렷한 문장의 윤곽

눈을 들춰보면 젖은 이야기 보인다

말하지 않는 다소곳하게 무릎 꿇은 말

두꺼운 책에

꺽, 꺽, 다 울지 못한 이야기

시선을 밀어 넣으면 시들지 못한 시간의 미라

견고하게 달라붙은 딱지가 보인다

기차는 나뉜 문장을 넘어가고

유성이 그어놓은 레일 위에 낙엽이 앉는다

사라지는 것들은 저토록 아름다운 것

속도를 따르지 못하고 침목과 침목 사이 끼어 있는

울음

잊히지 않는 것들은 자기만의 방이 있다

간이역을 정독으로 읽어가는 가을 햇살

침묵과 침묵 사이 어둠을 읽는다

오후 8시는 누구나 외롭고

젖은 시간을 건너 세월을 건너온 메달

눈물의 내면을

구름 벗은 달빛이 닦아주고 있다

눈
이

오
려

할
때

눈이 오려 한다 눈싸움하던 이여
우리가 키웠던 시리도록 투명한 세상을 찾고자
그때의 눈이
은하수 건너온 눈의 공격은 방심한 사이 시작되는 법
긴장을 풀지 말고 신호가 울리면 달려가야 한다

우리 사랑은 부패한 지 오래
포성 없이 작렬하는 포탄 아래
초록을 저당잡힌 채 시든 가슴 내밀어야 한다
정조준된 첫발에 저격당해 하늘로 승천하거나
퇴로는 막혔다
백기를 들고 부동으로 서 있는 나무같이
자진해서 방역 차 뒤따르는 아이같이
부패가 진동하는 여름날
서둘러 눈의 포로가 되어야 한다, 오직
너와 내가 할 일은
세상이 결빙되기 전 서로의 손을 맞잡는 일
잠시 멈춘 포격은 이슥한 틈을 타 확전되고
몸이 아려온다

길이 막힐수록 바람은 간절한 것
몽롱한 의식 위에 하얀 그리움 덧쌓인다
이제 엄동의 봉분에 목숨을 묻고
뼛속까지 투명한 눈의 언어를 익혀야 한다

사랑하는 이여
아주 드문 일이지만 우리가 다시 살아 기별할 수
있다면 그것은
격정의 계절이 지난 뒤 충분히 다정해지고 순종해
질 때
우리 마음에 사랑이 다행히도 남아 그 따뜻함으로
바위 위에 아지랑이 가벼운 날갯짓 할 때

시
인
의
말

고요한 내 마음의 뚜껑을 연다
저것은
외부로부터 온 것인가
내부로부터 시작된 것인가
숨 쉬고 있는 내 안의
거짓 없는 눈빛일 수 있고
자유롭게 유랑을 꿈꾸는
가슴에 갇혀 있는 영혼일 수 있다
그러기에 무심코 지나칠 수 없다
내버려 둘 수 없다
사랑하지 않을 수 없다
너에게 옮겨가는 시발점인 근원을

2024년 칠월 김호삼

김호삼
정읍 칠보 출생. 방송통신대 국문과 졸업.『월간 문학』으로 등단. 안양 버스정류장 '문학
글판 시' 선정. <상춘 문학상> 수상. 장편 소설『해마』시집『남몰래 가슴에 새겨진 비문』
『즐거운 이별』이 있다.